國家圖書館出版品預行編目 (CIP) 資料

我要找回我的帽子／雍‧卡拉森（Jon Klassen）文‧圖；柯倩華譯.
-- 第一版. -- 臺北市：親子天下股份有限公司，2021.09
40面；20×28公分. --（繪本；279）
注音版
譯自：I want my hat back.
ISBN 978-626-305-070-9（精裝）

873.599   110012662

獻給 Will 和 Justin

繪本 0287

我要找回我的帽子

文圖｜雍‧卡拉森（Jon Klassen）　譯者｜柯倩華

責任編輯｜謝宗穎　美術設計｜林子晴　行銷企劃｜王予農
天下雜誌群創辦人｜殷允芃　董事長兼執行長｜何琦瑜
媒體暨產品事業群
總經理｜游玉雪　副總經理｜林彥傑　總編輯｜林欣靜　資深主編｜蔡忠琦　版權專員｜何晨瑋、黃微真

出版者｜親子天下股份有限公司　地址｜台北市 104 建國北路一段 96 號 4 樓
電話｜（02）2509-2800　傳真｜（02）2509-2462　網址｜www.parenting.com.tw
讀者服務專線｜（02）2662-0332　週一～週五：09:00~17:30　傳真｜（02）2662-6048　客服信箱｜parenting@cw.com.tw
法律顧問｜台英國際商務法律事務所‧羅明通律師
總經銷｜大和圖書有限公司　電話：（02）8990-2588

出版日期｜2023 年 8 月第一版第二次印行
定價｜360 元　書號｜BKKP0287P　ISBN｜978-626-305-070-9（精裝）

———————— 訂購服務 ————————
親子天下 Shopping｜shopping.parenting.com.tw　海外‧大量訂購｜parenting@cw.com.tw
書香花園｜台北市建國北路二段 6 巷 11 號　電話（02）2506-1635
劃撥帳號｜50331356　親子天下股份有限公司

立即購買 >

我要找回我的帽子

文、圖 雍·卡拉森

譯 柯倩華

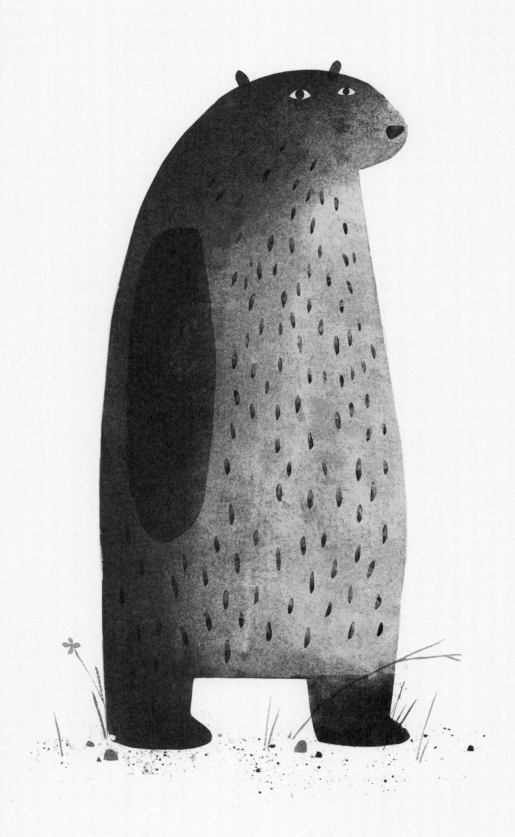

我的帽子不見了。

我要找回我的帽子。

你ㄋㄧˇ有ㄧㄡˇ沒ㄇㄟˊ有ㄧㄡˇ看ㄎㄢˋ見ㄐㄧㄢˋ我ㄨㄛˇ的ㄉㄜ˙帽ㄇㄠˋ子ㄗ˙？

沒ㄇㄟˊ有ㄧㄡˇ。 我ㄨㄛˇ沒ㄇㄟˊ有ㄧㄡˇ看ㄎㄢˋ見ㄐㄧㄢˋ你ㄋㄧˇ的ㄉㄜ˙帽ㄇㄠˋ子ㄗ˙。

好ㄏㄠˇ吧ㄅㄚ˙， 還ㄏㄞˊ是ㄕˋ謝ㄒㄧㄝˋ謝ㄒㄧㄝ˙你ㄋㄧˇ。

你ㄋㄧˇ有ㄧㄡˇ沒ㄇㄟˊ有ㄧㄡˇ看ㄎㄢˋ見ㄐㄧㄢˋ我ㄨㄛˇ的ㄉㄜ˙帽ㄇㄠˋ子ㄗˇ？

沒ㄇㄟˊ有ㄧㄡˇ。 我ㄨㄛˇ在ㄗㄞˋ這ㄓㄜˋ裡ㄌㄧˇ沒ㄇㄟˊ有ㄧㄡˇ看ㄎㄢˋ過ㄍㄨㄛˋ帽ㄇㄠˋ子ㄗˇ。

好ㄏㄠˇ吧ㄅㄚ˙ ， 還ㄏㄞˊ是ㄕˋ謝ㄒㄧㄝˋ謝ㄒㄧㄝ˙你ㄋㄧˇ。

你有沒有看見我的帽子？

沒有。 你為什麼要問我。

我沒看見它。

我沒在任何地方看見任何一頂帽子。

我不偷帽子。

不要再問我任何問題了。

好吧， 還是謝謝你。

你ㄋㄧˇ有ㄧㄡˇ沒ㄇㄟˊ有ㄧㄡˇ看ㄎㄢˋ見ㄐㄧㄢˋ我ㄨㄛˇ的ㄉㄜ帽ㄇㄠˋ子ㄗˇ？

我ㄨㄛˇ一ㄧˋ整ㄓㄥˇ天ㄊㄧㄢ什ㄕㄣˊ麼ㄇㄜ都ㄉㄡ沒ㄇㄟˊ有ㄧㄡˇ看ㄎㄢˋ見ㄐㄧㄢˋ。

我ㄨㄛˇ一ㄧˋ直ㄓˊ在ㄗㄞˋ想ㄒㄧㄤˇ辦ㄅㄢˋ法ㄈㄚˇ爬ㄆㄚˊ上ㄕㄤˋ這ㄓㄜˋ塊ㄎㄨㄞˋ石ㄕˊ頭ㄊㄡ。

要ㄧㄠˋ我ㄨㄛˇ把ㄅㄚˇ你ㄋㄧˇ抬ㄊㄞˊ到ㄉㄠˋ石ㄕˊ頭ㄊㄡ上ㄕㄤˋ嗎ㄇㄚ？

好ㄏㄠˇ啊ㄚ，拜ㄅㄞˋ託ㄊㄨㄛ你ㄋㄧˇ了ㄌㄜ。

你ㄋㄧˇ有ㄧㄡˇ沒ㄇㄟˊ有ㄧㄡˇ看ㄎㄢˋ見ㄐㄧㄢˋ我ㄨㄛˇ的ㄉㄜ˙帽ㄇㄠˋ子ㄗ˙？

我ㄨㄛˇ有ㄧㄡˇ看ㄎㄢˋ過ㄍㄨㄛˋ一ㄧˋ頂ㄉㄧㄥˇ帽ㄇㄠˋ子ㄗ˙。

它ㄊㄚ是ㄕˋ藍ㄌㄢˊ色ㄙㄜˋ的ㄉㄜ˙、圓ㄩㄢˊ圓ㄩㄢˊ的ㄉㄜ˙。

我ㄨㄛˇ的ㄉㄜ˙帽ㄇㄠˋ子ㄗ˙不ㄅㄨˊ是ㄕˋ那ㄋㄚˋ個ㄍㄜˋ樣ㄧㄤˋ子ㄗ˙。

不ㄅㄨˊ過ㄍㄨㄛˋ，還ㄏㄞˊ是ㄕˋ謝ㄒㄧㄝˋ謝ㄒㄧㄝˋ你ㄋㄧˇ。

你ㄋㄧˇ有ㄧㄡˇ沒ㄇㄟˊ有ㄧㄡˇ看ㄎㄢˋ見ㄐㄧㄢˋ我ㄨˇ的ㄉㄜ˙帽ㄇㄠˋ子ㄗ˙？

什ㄕㄣˊ麼ㄇㄜ˙是ㄕˋ帽ㄇㄠˋ子ㄗ˙？

嗯ㄣˊ，還ㄏㄞˊ是ㄕˋ謝ㄒㄧㄝˋ謝ㄒㄧㄝˋ你ㄋㄧˇ。

大家都沒有看見我的帽子。

萬一我再也看不到它了呢？

萬一永遠找不回來了呢？

我可憐的帽子。
我好想好想它。

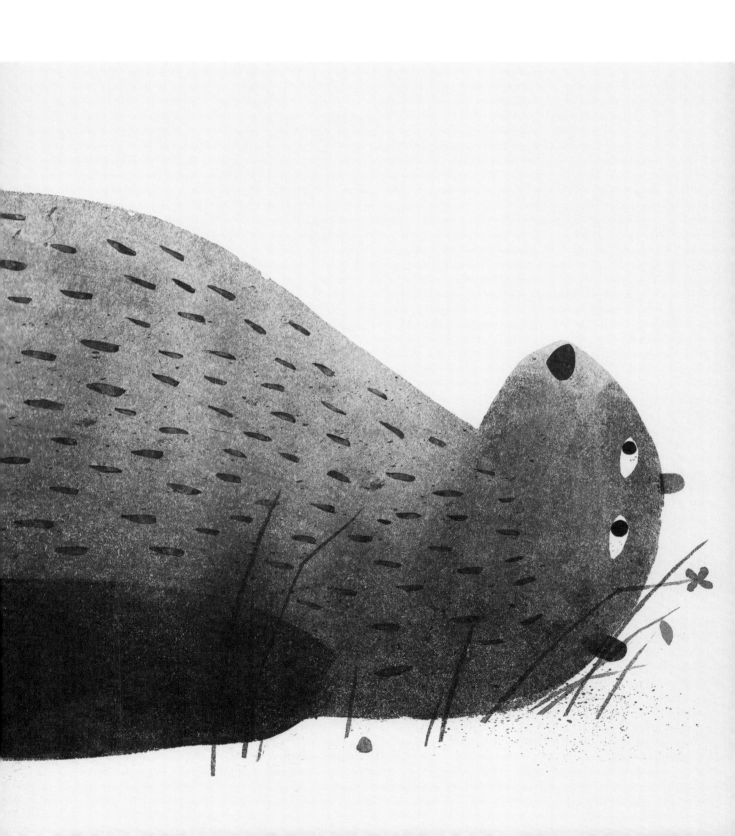

你怎麼了？

我弄丟了我的帽子。
大家都沒有看見它。

你的帽子是什麼樣子？

它是紅色的、尖尖的，而且……

我ㄨㄛˇ有ㄧㄡˇ看ㄎㄢˋ見ㄐㄧㄢˋ我ㄨㄛˇ的ㄉㄜ帽ㄇㄠˋ子ㄗ˙！

你ㄋㄧˇ！你ㄋㄧˇ偷ㄊㄡ我ㄨㄛˇ的ㄉㄜ帽ㄇㄠˋ子ㄗ。

我ㄨㄛˇ愛ㄞˋ我ㄨㄛˇ的ㄉㄜ帽ㄇㄠˋ子ㄗˇ。

請問一下，你有沒有看見
一隻戴著帽子的兔子？

沒有。你為什麼要問我。
我沒看見他。
我沒在任何地方看見任何一隻兔子。
我不吃兔子。
不要再問我任何問題了。

好吧，還是謝謝你。